잠이 오지 않아 네 생각을
한 스푼 넣었다

잠이 오지 않아 네 생각을

한 스푼 넣었다

유서진 시집

좋은땅

목차

1부 **밤에 쓰는 일기** ■▗

2부 　새벽에 보내는 편지 ■▪

3부 아침에 듣는 라디오

1부 밤에 쓰는 일기 ■▪

■▪넘쳐흘러나는 쓰레기 더미 속에는
한 사람의 고민과 한 사람의 눈물이,
또 한 사람의 가정, 또 한 사람의 침묵
그리고 작은 새끼 고양이가 있다

아,
우리는 모두 이렇게 네온사인 뒤에
짙은 그림자를 숨긴 채 살고 있지 않은가

〈네온사인〉 中

일기장

나의 사소한 일상을 적게 되는,
오늘은 날씨가 흐렸다거나 맑았다거나
비가 내린다를 적게 되는,

내가 먹은 삼시 세끼를 적게 되는,
그러다 그대는 무슨 음식을 먹었을까 생각하게 되는,

그러다 또 보고 싶다를 적다가 지우게 되는,
그대에게 보내려다 보내지 못하는 문장 하나하나들

결국은 내 일기장에만 적고 덮게 되는,
그대에게 보내지 못하는 문자 한 통

그대 잊으려 새 사람 만나는 것은

감히 티슈 몇 장으로
호수를 닦아 내려던 거지

닦아 내는 게 아니라
그만 반대로 푹 젖어 버린 거지

결국 그대라는 호수에 또 젖어 버린 거지

이렇게 부질없는 짓인 거지,
그대 잊으려 새 사람 만나는 것은

그냥

그 어떤 형용사를 가져와도,
그 앞에 어떤 부사를 붙여도,
내 마음 하나 다 표현할 수 없다

한낱 마음 따위도 적지 못하는데
내가 너를 써 내려간다는 게 말이 될까

그럴 땐 그저 '그냥' 하고 미소 지을 수밖에

함축된 두 글자 뒤에 따라오는 수많은 생각은,
내 미소 뒤에 이어지는 너의 그 웃음에
모래성이 무너지듯 무산되어 버리는걸

무장해제 된 나는 널 빼앗을 수도,
심지어 다가갈 수도 없다

그래서 나는 그저,
'그냥' 하고 미소 지을 수밖에

언어 고백

내게 너는 빛이었지만,
넌 나를 마음의 빚이라고 했다

난 어긋난 관계를 맞추려 했고,
넌 그저 관계를 마치고 싶다고 했다

잊는 게 아니라 잇고 싶었고,
이리 주저앉는 게 아니라 널 안는 나를 그렸다

우리의 미래를 그리면서 사랑을 쓰고 싶었지,
사랑이 이리 쓰다는 건 알고 싶지 않았다

이제 너와 나의 동사는
'같다'라는 말 대신, '갔다'를 써야 한다

하루 이틀 밤을 새울 때마다

추억은 새벽 틈 사이로 새어 나가기 바쁘고,
묻고 싶은 게 많지만 네가 없으니
난 그저 베개에 고개를 묻을 뿐이다

우리의 운명이 여기서 끝이라면,
너와 같이 있을 때 빛을 발하는 나의 가치라
나의 생 또한 여기서 운명해도 좋다

너는 나의 빛이었고,
난 나를 마음의 빚이라고 했다

오늘도 이렇게 눈을 감고,
빠져나간 추억의 태엽을 감아 본다

밤의 베란다

밤의 베란다는 애처롭다
그 아슬아슬한 경계선 위에선 아이의 눈망울은 참으로 위태롭다

달빛마저도 외면해 버린 그 베란다엔 빛 한 줄기 없어
드리워지는 그림자 또한 없다

딱 한 번만
정말 딱 한 번이면 될 것 같은데

누군가 내 이름을 불러 주길 간절히 바라게 되는
밤의 베란다 위에 나는 서 있다

겨울바람 같다, 너

찬물에 손을 담그고 있어야만 아픈 줄 알았지
오늘 같은 겨울바람이 이렇게 아릴 줄 알았는가

꽁꽁 싸맨 목도리 사이를 굳이 파고 들어와 여기저기
쿡쿡 찔러 놓고
마음마저 시리게 하더니 횅하니 지나가 버린다

원래 바람이라는 게 잠깐 불고 마는 것뿐인데
가는 길 내내 이토록 춥고 아팠던가

그러고 보면 너도 잠깐 스쳐 지나가는 인연 중
하나일 뿐인데
난 참 오래도록 벌겋게 달아올라 쓰리다

정말이지, 겨울바람 같다, 너

단비

단비 같다,
날 향한 너의 애정은

뜨겁다 못해 화상을 입을 것 같은 볕 아래
쩍쩍 갈라진 가뭄 일은 땅이 내 마음이다

그런 내 가뭄에
너의 애정이, 너의 사랑이 이따금 내리면
갈라진 땅 사이사이로 네가 스며든다
땅이 물러진다
마음이 물러진다

하지만 물기 이른 땅을 보며 안도를 하다가도
다시금 삐쩍 메마르는 것을 보면 이런 생각이 든다

차라리 메마르게 놔뒀으면

마르지도 못해 갈라지도록, 그렇게 차라리 놔뒀으면

언제 내릴지 모르는 단비를 기다리며
마음만 물렁해질 바에,
딱딱하게 굳어 버려
한낱 단비에도 동요되지 않을 만큼이 되었으면

내겐 너의 사랑이 너무 부족한 탓에
차라리 그랬으면

울고 싶은 밤

마음 편히 웃고 싶다는 건,
어쩌면 마음 편히 울고 싶다는 말과도 같다
괜찮은 척 웃다가도
뒤돌아서면 울고 싶은 밤이 불쑥 찾아오기 마련이니까
마음 편히 울고 나야
마음 편히 웃을 수도 있다
울음을 게워 내야
빈 마음에 웃음이 찬다
그래서 나는 때때로 슬픈 영화를 핑계로
울음을 쏟아 내곤 한다
울어도 되는 타당한 이유를 만들어 울어야 한다는 건
꽤나 서글픈 현실이지만,
현실이란 것은 어쩔 수 없이 타협점을 찾아야 한다
'애어른'에서 '어른 아이'가 되어 버린
우리의 숙명이기 때문이다

폭풍 전야

굳세지 못한 마음에
나비의 날갯짓에도 이리저리 흔들리더니
이젠 비바람이 몰아쳐도 끄떡없다

나아진 것은 결코 아니리라,
버거움마저 무뎌진 거다

침묵의 감정은 마치 폭풍 전야처럼
시종일관 고요하다

바짝 가뭄 일은 입술에
언제 눈물이 고여 들지는 아무도 몰랐다

초승달

가슴 한편이 뚫려 있는 게 초승달과 같다

별 하나 없이 우직하게,
그러면서도 다 채워지지 못한 채,
미완성의 모습으로 어두운 밤을 홀로 밝히고 있는 모습

미완성인 나는
끝을 뾰족하게 곤두세우고
애써 밝게 하늘을 지키고 있다

이 얼마나 위태로우며,
이 얼마나 외로운가, 초승달은

네온사인

짙은 밤에도 꺼질 줄 모르는 네온사인
그 빛이 어두운 거리 곳곳을 밝혔다

그 환한 빛 뒤의 밤하늘을 빼닮은 골목에는
쓰레기 더미가 넘쳐났으나
그것이 보일 리 만무하다

넘쳐흘러나는 쓰레기 더미 속에는
한 사람의 고민과 한 사람의 눈물이,
또 한 사람의 가정, 또 한 사람의 침묵
그리고 작은 새끼 고양이가 있다

아,
우리는 모두 이렇게 네온사인 뒤에
짙은 그림자를 숨긴 채 살고 있지 않은가

별

낮에 별이 보이지 않는다고 해서
별이 사라진 게 아니듯

항상 그 자리에서 빛나고 있지만
보이지 않는 것뿐이듯

너 또한 내 마음속에 진득이 자리 잡아
낮이며 밤이며 항상 떠 있는데

낮에는 아무렇지 않은 척 생활하다
집에 돌아가는 그 저녁 길에 유독 네가 그리워진다

열병

아프면 서럽다더니,
고작 체온 2도 올라간 것에
슬프자고 안달 난 사람마냥
이것저것 사소한 일들을 찾아 꺼내 슬퍼하는 것인가

사실 굳이 그러지 않아도
그대 이름 석 자 하나면 마음엔 장대비가 쏟아질 텐데

고작 그 열 식히자고, 이리도 그치지 않는 폭우가 쏟아지는 것인가
이미 몇 번이고 내 마음은 그 석 자에 수백 번을 데었을 텐데

데어도 좋으니 보고 싶은 건 어찌할 수가 없구나
아, 열병이구나

우리의 상처는 그랬다

갈기갈기 찢어진 종이 위에
부질없는 칼질을 해 댄다

더 이상 찢어질 길이 없지만
새벽녘, 돌아누웠을 때 들려오는 심박수가
속절없이 떨어진다

사람 마음이 이렇다
나 이미 아파요— 하고 외쳐도,
굳이 긁자면 긁히는 구석이 있는 것이다
네 마음이 그랬고, 내 마음이 그랬다

내 인생이 연필로 쓴 시나리오라면

그다지 특별한 일도 없던
그렇다고 너무 무탈하지도 않았던
가득 채워지지 않았던 한 사람의 인생을
작은 손짓 몇 번으로 흔적도 없이 지우고 싶다

인생의 시나리오를 다시 쓰자니
지나간 자리엔 결국 자국이 남기 마련이고,
이미 깊게 그어진 궤적은 감춰지지 않으니
깨끗해진 원고지는 사실 깨끗하지 않다

그러니 그저 지워지고 싶다

내 인생이 연필로 쓴 시나리오라면
세상에서 흔적도 없이 지워지고 싶다

안쓰러운 습관

어느 순간부터 안쓰러운 작은 습관이 하나 생겼는데,
그건 결말을 보지 않는다는 것이다

책이나 드라마의 결말을 확인한 후에
속수무책으로 밀려오는 공허함 때문이리라

그 감정은 좋아하는 노래를 아껴 듣는 것과 비슷하다
좋아하는 노래에 싫증을 느낄 때 드는 그 속상함과
결말을 확인하고 느껴지는 공허함은 대동소이(大同小異)다

이런 작은 습관은 관계에도 적용이 되어 버린다
너와의 결말이 두려워 시작조차 하지 않는다든가,
너에 대한 사랑이 식어 싫증이 느껴질까 지레 겁먹는다든가

구구절절 이러한 말들을 하는 건
이런 비겁하고 어리석은 나라도 안아 달라는 것
너는 부디 나를 묻지 않고, 품어 달라는 투정인 것이다

그럼에도

그대를 생각하며 베껴 쓴 유치한 사랑 타령이었다,
한때 나의 일기장이 누군가의 시와 노래 가사로 전부였던 건

빛바래진 일기장처럼 참 오래도 흘렀다,
너와 나의 시간은
그럼에도 그대를 기억하고 또 이렇게 기록하는 건
잊고 싶지 않은 마음 때문이다

소설의 페이지를 역행하듯
나의 손가락은 매일같이
그대와의 추억을 되짚고 또 되짚었다

이젠 다 늘어나 버린 테이프처럼
그날의 추억도 생생하지만은 않다

그럼에도 기다리는 건,

이 짙은 새벽 불시에 올지도 모른다는 그대의 연락 때문이었다

이별을 실감하는 순간

함께했던 그 긴 시간이 무색하리만큼
난 참 빠르게 너를 잊었다
더 정확히 말하자면
내가 잊은 것은 너의 모든 것 중에서도 너의 얼굴이었다

그래서 사진첩에 숨겨져 있던 우리의 추억을 발견하게 되면
그제야 네 얼굴이 이랬지, 하곤 했다

오랜만에 되새긴 너의 얼굴에도 나는 그립거나 슬프지 않았다
다만, 그래도 너의 얼굴을 모르겠다, 싶은 이 감정이 생소했을 뿐
이었다

더 정확히 말하자면
너의 얼굴을 보고도 모르겠는 건,
너의 그 수많은 얼굴 중에서도
나를 사랑한다고 말했던 너의 얼굴이었다

나를 향했던 그 눈빛과 입 모양
그런 것들을 나는 참 빠르게 잊어버린 것 같았다

그제야 나는 이게 이별이구나, 싶었다
이별을 실감하는 순간이 너의 웃는 모습이 담긴 사진을 보았을
때라는 그 모순이,
그 부조화가,
냉혹하게 느껴져 그냥 쓸쓸할 뿐이었다
그 밤이 유독 쓸쓸했던 건, 비단 날씨 때문만은 아니었다

흔들림과 결심 사이

한번 방향을 틀어 버린 마음을 다시 돌려세우기란,
갈팡질팡하며 출렁이던 것을 진정시킬 때보다 배로 더 힘들다

머리는 돌아가라 소리치지만
마음은 자꾸만 그쪽으로 가자 할 때,

머리가 마음을 이기지 못하고
이성이 감정을 이기지 못할 때,

어쩌면 두고두고 후회할지 모른다는 걸 알고 있으면서도
나는 직진하는 걸음을 어쩌지 못한 채 내버려둔다

마음이 시키는 일에 굴복하며 손을 놓아 버린다

붙잡은 너의 손을
마주한 내 마음을
놓아 버린다

야경증

악몽이다
잠을 자야만 하는데,
끈질기게 괴롭히는 하나의 트라우마가
목을 붙들고 침묵의 새벽 내내 숨통을 옥죄어 온다

꿈속의 너는 꾸역꾸역 나의 검은 페이지를 찾아내
옥죄듯 구겨 버린다,
아무리 눌러도 쉽게 들춰지게끔

나의 과거이자 치부이자 악몽

그저 지나가는 꿈일 뿐이리라— 아우성쳐도
이미 기면증에 걸린 나는 시도 때도 없이 너를 꾼다

단말마의 몸부림을 쳐 본다
제발 깨고 나면 모두 꿈이어라

클리셰

행복해 보이는 너의 일상을 보며
다신 찾지 않겠다는 다짐을 몇 번,

그러다가 보고 싶은 마음이 흘러넘쳐
너와 다시 만드는 하루는 어떨까 꿈꾸길 수십 번,

오늘 하루는 어땠어— 한마디조차 묻지 못하고
너의 일상을 지레짐작하고 말아 버리는
하루의 끝자락이 수백 번

그러다 서로 마주치는 순간
그 수많은 과정이 신기루가 되어 버리는 것

그 끝없는 굴레의 반복
지독한 너와 나의 클리셰

사랑의 불가항력

굳게 웅크리고 있던 꽃봉오리가
눈치채지 못할 사이 활짝 피었다

닫힌 줄도 모른 채 닫혀 있던 마음이
본인도 모르는 새 활짝 열려 버린 것처럼

수렁에 빠져 버린 마음이
적나라하게 드러나는 것도 모르고
저항하려 하면 할수록 더욱더 빠져 버리는 마음이
사랑인 줄 모르는 것처럼

도화지

너라는 화실에 나는 붓과 팔레트를 들고 들어갔고
너의 마음이라는 도화지에 우리의 이야기를 그려 갔다

그땐 몰랐다
도화지에 한번 칠한 원색은
내 마음과 달리 절대 연해질 수 없다는 것을

계속된 나의 덧칠에 너의 마음이 우는 줄도 모르고
울어 버린 도화지가 찢어지는 줄도 모르고

그렇게 난 끝까지 이기적이었다

악몽이 키운 먹구름

매일매일 악몽을 꾸는 소녀는
새벽녘이 되기도 전 울면서 잠에 깼다

고열에 시달린 듯
뜨거운 눈물이 하루하루 쌓여
소녀의 머리 위에 시커먼 먹구름을 만들어 냈다

악몽이 키운 구름은 계속해서 팽창해 나갔고,
그 안엔 언제 쏟아질지 모르는
소녀의 눈물이 고여 있었다

그 눈물처럼 뜨거운 입술에서 터져 나오는
안쓰럽기 그지없는 아우성은
쓸쓸한 무인도에서만 메아리쳤고,

소녀는 늘 먹구름의 여백으로 도망가
몸을 숨기기 바빴다

갈망

꾸역꾸역 밀어 넣는다
뭐라도 그렇게 어거지로 밀어 넣으며 배를 채운다
헛헛한 건 배 속이 아니라 마음이라는 걸 알면서도
고픈 건 음식이 아니라 관심이라는 걸 알면서도
온정은 주문할 수가 없어서 대신 음식을 주문한다

쉴 틈 없이 먹는데도
텅 빈 껍데기는 채워질 기색이 없다
채워진 역사조차 없다

늘 고프고, 늘 든든하고 싶다
텅 빈 껍데기는 갈망으로 가득 차 있다

꽃샘추위

봄이 오나 싶었는데
느닷없이 꽃샘추위가 들이닥쳤다

준비 없이 맞닥뜨린 매서운 바람을 피할 길은 없었다
겨울바람보다 더 아픈 까닭은
결코 바람이 찬 것이 아니라
마음이 시리기 때문이리라

이 추위를 이겨 내는 방법을,
봄이 올 거라는 예보를,

그리고 공중에 흩어지고 있는 이 눈발 대신
햇살에 부서지는 꽃가루가 흩날리는 시기를 기다리며
우중충한 하늘과 마주 보았다

내 머리 위로만 눈이 내렸다

초여름, 그날 밤

초여름 밤에는 초여름 밤만의 냄새가 있다

탄천을 지나면서 느껴지는
봄비의 손길을 아직 떨쳐 내지 못한 풀 내음

그 풀 향기가
기댈 곳 없는 이 세상 속에서
너는 꿋꿋이 잘 견디고 있다며
콧잔등을 어루만진다

그 위로는 오직, 초여름 밤에만 느낄 수 있다

고개를 들어 밤하늘에 떠 있는 보름달을 엄지와 검지로 조심스레
잡아 본다

달밤이 고스란히 마음에 적힌다
그 빛이 묵묵히 퍼지는 밤이다

밀림

눈물 어린 습기로 가득 차
숨이 막혀 오는

무성한 그리움이
햇빛마저 가려 버린

너라는 밀림 속에서 나는 길을 잃었다

2부 새벽에 보내는 편지 ▪▫

▪▫그래서 나는 축축한 너의 밤에게 차마 '잘 자'란 말을 할 수 없었어
'너도 잘 자' 대답하고, 잠이 드는 건 나뿐이라는 걸 알아 버려서

대신, 나는 너의 머리맡 창 아래 등불을 걸어 놓을게
매일 밤 어둠 속을 헤매 길을 잃을 너를 맞이하기 위해
긴긴 너의 밤을 밝히기 위해

〈밤편지〉 中

한때 나의 바다였던 당신에게

나는 여전히 당신의 안녕을 묻고 싶어
작은 편지지에 안부를 쓰지만
결국 부치지도 못하고 또 서랍행입니다

이제는 막바지에 다다른 기억력과
한계에 달한 상상력에
선명했던 당신의 형상은
가차 없이 자꾸만 흐릿해집니다
그러면서도 손에 묻은 모래가루의 반짝임처럼
당신의 흔적 하나쯤은 영원히 남겠죠

여전히 나는 당신이 그리울 때마다 '바다가 보고 싶다' 합니다

나의 달아

문득 그렇게 너의 달 표면을 어루만져 본다
어두운 내 방 안을 꿋꿋하게 밝히고 있는 달아

사실 너도 차갑고 캄캄한 행성일 텐데
이다지도 환히 빛나고 있다

이다지도 다정한 나의 달아, 나의 연민아,
나의 사랑아, 사랑아
오늘 하루도 홀로 빛나느라 고생했을 내 사랑아

허황된 기도

처서가 지나니 이제 서늘한 밤입니다
허나, 눈앞에 피어오르는 아지랑이 너머
그대의 그림자가 흔들리는 듯합니다

아득한 이것은 신기루인 건가요,
아니면 나의 비문증인 건가요

그대를 두 눈에 담고 있음에도
억겁의 굶주림에 시달리는 에리시크톤처럼
그대를 향한 갈증은 스물네 시간이 부족합니다

아— 벌써 달마저 몰락하고 있습니다
여느 때처럼 허황된 기도를 바칠 시간입니다

아스클레피오스의 지팡이여,
저 달 끝이 땅을 덮치기 전에

나의 밤을 치유해 주길 간청합니다

치유가 아니 된다면
아테나의 방패여,
솟구치는 언어를 삼키지 못해 그에게 토해 내기 전에
메두사의 머리칼로 나의 요동치는 심장을
석암처럼 굳히게 하길 간절히 염원합니다

이런 허무맹랑한 기도를
그리스 로마의 신들이 들어줄 리 만무하나
나는 계속해서 할 수밖에 없습니다

환상 같으나 실존하는 그대에게 사랑이라는 이름을 붙이지 않으
려면요

가시

너의 세상은 아니었을 거다,
그 단 한 사람이.
유일무이하기에 더욱 너의 전부일 리 없다.

전부는 아니더라도, 작은 가시 정도는 되었을 테지.

크기에 비례하지 않게
빼지 않으면 평생이 아플 가시처럼
딱 그 정도일 테지.

특기: 사랑

나의 취미는 사랑하는 것
사랑하는 것 중에서도
너를 제일 사랑하는 것이 나의 특기
그렇기에 나의 능력은
이렇게 시를 써 내려가는 것이 아닌
오직 너만을 온전히 사랑하는 일

사랑이 밥 먹여 줄 수 있었다면,
그래서 우리 사이에 장벽이 없었다면,
우리는 창문도 시계도 없는 둘만의 단칸방에서
그렇게 시간이 흘러가는 줄도 모르고,
'한없이 배부르게 행복했습니다'라는 결말을 맞이할 수 있었을까

빙판

그대, 조심스럽게 내게 다가오길
그대, 그러다 나로 인해 휘청거리길

방심한 그대, 결국 내게 미끄러져 닿길

환령 (換靈)

눈물이 헤퍼졌다
문득 출처를 알 수 없는 눈물들도 자주 방문했다

매일 밤 가슴에 알약이 걸린 듯 명치가 쓰렸다
누군가 심장과 기도 사이에 바위를 얹어 놓은 것 같았다
호흡, 그 단순한 행위마저 불안정하며 고통스러웠다

그럴 때마다 내가 너였으면 좋겠다

평온한 밤을 누리고 있을 너
그리고 내가 되어 괴로울 너

그러면 더는 구태여 나를 설명하지 않아도 된다
말이 없어도 넌 날 완벽히 이해할 테니

이유

안녕한지 참 궁금한 그대야
이제는 안갯속에서 마주한 것처럼
희미해질 대로 희미해졌겠지만
그대의 구설수에만이라도 남고 싶다

짓궂은 오해나 분노라 하더라도
자욱하게 잊히는 것보다야 낫지 않은가

뭍과 바다

너는 뭍
나는 바다

너에게 닿고 싶어
파도를 만들고
이 한 몸 부서져라 부딪혀 보지만

너는 묵묵부답
뭍처럼 굳건하기만 하다
꿈쩍 하나 않는다

내가 좀 더 크고 깊은 바다였다면
너를 감싸안을 수 있었을까

그래서 네가 나의 섬이 될 수 있었을까

잠이 오지 않아 네 생각을 한 스푼 넣었다

뒤척이는 밤
잠이 오지 않아 네 생각을 한 스푼 넣었다
그러자 새벽 내내 온통 너였다
그래서 아침이 오지 않길 바랐다

널 이렇게 볼 수 있다면
스물네 시간이 어둠이어도 상관없었다
나의 세상이 너로 물들 수 있다면
눈을 뜨지 않아도 행복이었다

너를 닮은 계절

너는 장마 속 벚꽃을 닮았고
또 눈 덮인 단풍을 닮아서
나는 사계절 내내 너를 잊을 수 없었다

순응되지 않게 하소서

우울 속을 잠영 중, 막다른 곳에서 손을 건넨 너
그 손은 마치 하늘이 내려 준 동아줄이었고,
그 동아줄을 타고 올라가
그림자마저 아름다운 달이 되길 바랐던 너
그 마음이 순응되지 않길 바라고 또 바란다
너의 손길, 파도의 그 물결 같은 촉감과
너의 눈빛, 이름 모를 그 꽃들을
그리고 주워 담고 싶은 그 향기까지
감히 순응되지 않기를, 익숙해지지 않기를
내가 항상 네게 감사하기를

환절기

그대, 차가운 얼음꽃을 이겨 내며
머리를 내미는 새싹을 본 적이 있는가

그대, 짐작하지 못한 계절을 맞이하여
앓아 본 적이 있는가

너는 환절기만이라도 나를 기침하며
앓았던 적이 있는가

나는 너를 365일 앓았다

피터 팬의 그림자

문신처럼 새겨진 지난날의 상처가
너를 족쇄처럼 묶어
더는 자라지 않는 피터 팬으로 남게 했다

어느새 겹겹이 쌓인 트라우마는
새벽보다 짙은 그림자로 너를 따라다녔고,

냉담한 그림자마저 네가 그토록 가여워
이만 곁을 떠나겠노라 했거늘,
어째서 너는 그 아픔을 또 꾸역꾸역 찾아내는지…

너의 찢긴 삶을 손수 꿰매어 줄 웬디는 이 세상에 없음을 알면서
도 너는,
너의 그림자 도둑이 되어 주겠다는 나를 만류하였다

그렇게 너는,

너의 몸집보다 커져 버린 절망을 끌어안고
생의 마침표를 향해 이인삼각을 뛰기로 결심했구나

그래
그것을 나는 바라볼 수밖에 없구나

아쉬움과 가벼움의 중간 어느 즈음에서

드넓은 초원 같다, 너는

나를 향한 너의 그 드넓은 이해심
그건 '이해'를 빙자한 무관심이었다

그래, 너는 허물 벽도 없었다
쉽게 접근하는 나를 경계하지 않았지만
그렇다고 반색하지도 않았다

나는 너의 무언가,
그 이상이 되기가 힘들다는 것을
어쩌면 벽을 무너뜨리기보다
더 어렵다는 것을
그래, 나는 직감했던 것이다
너에게 난 그저
초원에 핀 이름 모를

꽃 한 송이 정도일 터였다

네 맘속에 피어난 내가
조금씩 시들어 가고 있다는 것에 대해
너는 조금도 궁금해하지 않았다
날 좋아한다는 말이
거짓이라는 방증이었다

나의 존재는 딱 그 정도였다
민들레 홀씨보다 가벼워
중력이 작용하지 않는 존재의 무게

아쉬웠다
잡아당겨도 가까워지지 않는
치명적인 가벼움이

아쉬움과 가벼움의 중간 어느 즈음에서
나는 너를 놓아주기로 결심했다

사계

보이지 않는 사랑에
어찌 순서를 매길 수 있겠느냐마는
사랑에도 순서나 단계가 있다면
그댈 향한 나의 마음은
과연 어디쯤이라고 말할 수 있을까요

눈도 마주치지 못했던 그 봄 같은 떨림을
그대는 모른 채 지나갔겠죠
사계절 중 봄이 유독 짧듯이

그러다 이 한 마음 알아주길 바란 탓에
어김없이 당기기만 하기도 했어요
그래요, 뜨거운 여름처럼 말이에요

당겨진다고 당겨지는 것이 마음이 아님을 깨닫고
괜히 죄 없는 그대를 탓할 때엔

떨어진 낙엽처럼 이 마음 떨어내 버리라 다짐도 했었죠

하지만 당겨진다고 당겨지는 것이 마음이 아닌 것처럼
떨쳐 버린다고 떨쳐지는 것도 마음이 아니라는 것을
지금 이 겨울에 다다랐을 때야 깨닫게 되었네요

'내가 얼마나 좋아하는지 아시나요?'라는 내 질문에
'잘 모르겠어요'라던 당신의 대답이
얼마나 다행이었는지 당신은 알 리가 없죠

수줍음을 넘고, 뜨거운 고백을 넘어
잠시의 체념도 지나 막대해진 내 마음을
그대는 알 리가 없죠

알아주지 않아도 상관없는
이 단계에 다다른 마음은,
그대를 좋아할 수 있다는 것만으로도
이미 충분한 순백의 사랑입니다
그래요, 지금 창밖에 내리는 눈처럼 말이에요

달의 고백

내 몸을 인질 삼아 너의 밤을 묶어 두고 싶다
너의 뒤척임을 헤아려 보고
너의 꿈을 어루만지고
그렇게 새벽녘까지

동이 트고, 널 보내 줘야 할 때면
있는 듯 없는 듯 너의 주변을 서성이다
어둠이 내려앉길 기다리겠지

그렇게 다시 찾아온 어둠 속에서
나는 밝은 빛을 낼게
지친 네가 고개를 들었을 때,
바로 나를 찾을 수 있게

그러다 정말 참을 수 없을 만큼 지치고 지쳐
터져 나오는 눈물마저 꾸역꾸역 삼켜 내야 할 땐,
그럴 때 나는 너 대신 유성우를 내릴게

모순 2

너를 증오한다
너를 사랑한다
날 바라보지 않는 너를 증오한다
그러다 널 사랑하는 나를 증오한다
하루에도 수천 번 마음이 천국과 지옥을 오간다

새벽의 바깥

눈을 뜨면 보이지 않았고,
눈을 감아야만 보였습니다

즈믄 날을 그렇게 눈을 감은 채 보냈습니다
그 시간 동안 나는 매번 당신을 그만두고 싶었습니다

당신 없이도 내리 살아야만 했기에
당신이 행복해야만 했기에

애틋한 당신 떠나가는 길에
마를 일 없는 제 눈가에 들러 목을 축이시길

그 눈가 마를 적, 그때야 당신을 그만둘 수 있습니다

애정결핍

너를 사멸하기 위해 집어 든 유리 조각에 결국 피를 뚝뚝 흘리는
건 나일 테다
알면서도 집어 드는 건 유리에 베였을 때 느껴지는 싸하고 쓰린 맛
그리고 손가락 사이사이로 느껴지는 끈적하면서도 뜨듯한 피의
촉감
그것에 중독된 탓이겠지

나는 수차례 너를 베고, 찌르고, 찌르고, 또 찌르고
더 깊숙이, 매일이 실전처럼
하지만 안다, 나는 그저 환각에 사로잡혀 난동을 부리는 미치광이
일 뿐
그러니 할 수 있는 게 없다
이미 떠난 네가 무럭무럭 시들길 바랄 수밖에
뿌리까지, 아주 푸욱— 썩길 바랄 수밖에

증오라는 진단을 받았지만, 나는 이 병에 새로운 이름을 붙이기로

했다
증오 대신, 너의 이름 석 자로
그렇다면 완쾌의 뜻은 다시는 너를 증오하지 않는다는 거겠지
난 이 병이 불치병이지 않길 바라
그러니 온 힘을 다해 나를 보듬고, 따듯하게 어루만지고, 부드럽게
입을 맞추고

마지막 소멸하면서도 나를 향한 사랑을 속삭이어라

식도염

네가 했던 모든 말, 손짓, 그리고 눈빛
모두 소화됐을 거라 생각했던 내 오만

그 모든 것들이 거꾸로 용솟음치며 역류한다
가슴에 불장난을 일으킨 것처럼 뜨겁다

더 이상 무얼 삼킬 수도 없게

사랑의 유언

죽음 앞에 남는 것은 사무치는 후회뿐입니다
미워하는 감정은 덧없고
그 또한 무(無)로 사라지니
사랑은 아낌없이 표현하세요

사랑하기만으로도 부족한 시간,
그래도 참 많은 시간을 그 사랑 속에서 보냈습니다
그러니 부디 오랜 시간을 슬퍼 말기를…

알아주기를, 그렇게 해 주기를…

망가진 것들의 이야기

어설프게 쏟아 낸 너의 이야기 아니, 우리의 사연이었다.
이야기를 건네는 너의 목소린 수월하기보단 숙연했고,
그 소음은 가볍기보단 가여웠다.
문장의 끝마다 뱉어지는 한숨의 쉼표는 가히 날카로웠고,
그 뾰족함에 너도나도 다시금 흉터를 들춰 엎어야 했다.

흉터인 줄 알았으나 아물지 않은 생채기였다.
여기저기 상처를 긁고 나니 진물이 터져 나왔다.
부서진 줄도 모르고 계속해서 걸어간 탓이었다.

망가진 것들의 이야기가 밤하늘의 별들을 이었다.
우리의 별자리가 탄생했다.
휘어진 활자 같은 그 별자리에 나는 감히 이름을 붙일 수 없었다.

차마 하늘을 향해 곧게 눕지 못한 채 등을 돌리고 잠들었을 그 밤,
나는 너의 베개 아래에 부치지 못할 밤편지를 고이 접어놓았다.

내 방식으로 망가진 너의 안녕을 기원했다.

우리의 별자리는 북두칠성처럼 늘 그 자리에 떠 있겠지만
결국, 별은 빛을 내는 것이라고.
부서지고, 망가지고, 소멸하는 그 순간까지 빛을 잃지는 말자고.

당신을 사랑하게 될까 두렵다

나이가 들수록 누군가를 사랑하는 게 두려워진다

내가 닦아 주지 못했던 어느 실연이
내가 어루만져 주지 못했던 여러 시련이
언제 터질지 모르는 기폭제 같은
한 인생의 아픔까지 내게 밀려온다

한 살 한 살이 쌓아 올린 그 영역의 깊이는 감히 헤아릴 수 없다

감히 품고 가겠다 말할 수 없는
한 사람의 질량이 깊숙하게 밀고 들어온다

마치 돋보기를 쓴 것처럼 또렷하게 그 사람을 알게 되는 순간
외면하기가 힘들기 때문에 두렵다

당신을 연민하게 되는 순간
사랑까지 해 버릴까, 그게 두려운 거다

집중호우

영원히 맞닿을 수 없는
하늘과 땅을 잇는 이 빗줄기처럼
결코 닿지 않던 네 마음에
내 눈물이 스며들어 간다면

그래서 호수는 못 되더라도 작은 웅덩이만큼,
더도 말고 딱 그만큼
네 마음속에 내가 들어앉을 수 있다면

나는 영원히 마르지 않는 오아시스가 되어
네 마음에 갈증이 생길 때마다
날 찾게 하리

혹여 네 마음에 균열이 생긴다면
퉁퉁 불어 튼 내 마음 다 바쳐
그 틈으로 기꺼이 투신하여
그때만이라도 날 생각하게 하리

밤편지

너는 정이 많은데다 마음마저 여려서
소소한 감정조차도 참 소중했던 거야

맛있는 건 아껴 두었다가 제일 마지막에 먹고,
퇴근길 빠른 지하철이 아닌 돌아가는 버스를 타는 건
저녁노을 하나 때문이고,
긴 밤을 그렇게나 힘들어하면서 흩날리는 눈을 동경해 겨울을
사랑하고,
혹여 한번 꽂힌 노래가 금세 질려 버릴까 아껴 듣는 것처럼 말이야

사랑이 많아 상처도 많은 너는
유독 잠들기 전 과거의 방아쇠를 당기는 일이 잦았다

딸깍, 소리가 나면
너는 한참을 수면 아래로 곤두박질친 채 동이 틀 무렵까지 악몽을
답습했을 텐데

뒤척이는 그 시간에 수면 빚이 쌓여 가는 줄도 모르고

그래서 나는 축축한 너의 밤에게 차마 '잘 자'란 말을 할 수 없었어
'너도 잘 자' 대답하고, 잠이 드는 건 나뿐이라는 걸 알아 버려서

대신, 나는 너의 머리맡 창 아래 등불을 걸어 놓을게
매일 밤 어둠 속을 헤매 길을 잃을 너를 맞이하기 위해
긴긴 너의 밤을 밝히기 위해

3부 아침에 듣는 라디오 ■.

■.커져 가는 눈덩이처럼
내 이 마음 또한 커져 하나의 행성이 될 때,
그대와 함께 그곳에 삶을 꾸리겠습니다

그 행성에 그대의 이름을 붙이고,
그 행성을 사랑이라 부르겠습니다

〈사랑의 형상화〉中

아침에 닿는 길

어쩌면, 매일 아침이 똑같은
건조한 그 시간, 식상한 그 길을,
한 발자국, 한 발자국 더디게 걸어 본다

그러다 우연히 그대와 마주치기를,
나의 한 걸음, 한걸음에 기대가 묻는다

실은 우리의 만남은 우연을 가장한 나의 노력이겠지만
그것 또한 어떠한가

그저 한 번이라도 더 볼 수 있다면야
그 하루는 그것으로 충분하다

나의 세상

나무가 모이면 숲이 되고,
모래가 모이면 사막이 되고,
꽃이 모이면 화원이 되는데,

그대는 하나인데
왜 나의 세상이 되는가

위로

낮에 보는 바다보단
밤에 보는 바다가 더 좋고,
밤바다보단
해가 뜨기 전 이른 새벽의 바다가 더 좋다

밤새 지나간 사람들의 추억을 머금고 있는 새벽 공기,
그 새벽 공기를 들이켜면
지난밤의 웃음소리가 어렴풋 들리는 듯 환청이 든다

그 넓은 바다에, 그 많은 추억 속에
내 고민 하나쯤이야 티끌도 되지 않겠지 싶은 마음에

불꽃놀이의 잔해들 속을 걸으며
조용히 일렁이는 바다를 향해 내 작은 고민을 던져 본다

그러면 바다는 여전히 묵묵부답이면서도

작은 파도를 일으켜 속삭인다

괜찮다, 괜찮다, 괜찮다

방백

이파리의 수를 하나씩 헤아리며
너를 보낸다, 안 보낸다,
잊는다, 안 잊는다—를 수만 번쯤 했다

그래 봐야 하루, 딱 하루 더
얇은 수명의 연장일 뿐이지만
그 하루라도 미루고 싶었다
너와의 이별을

마지막 잎새가 너를 보내라 하면
다시금 다른 나뭇가지를 꺾어
우리의 관계에 새로운 운을 심었다

마음이 머리를 따라가지 못해
자꾸만 옷 끝자락을 부여잡고 억지를 부렸다

조금만 더 천천히 가자고
내가 너의 팔꿈치를 잡아당기는 것처럼

허나, 낙엽은 떨어질 때에 소리가 없다
그러면 너는 낙엽인가
마지막 안부도 미처 못 했는데 너는 이미 저만치에 있다
'안녕'
그 쉬운 말도 못 한 채
어느새 넌 시야 밖으로 떠나 버렸다

화분

언제부턴가 마음에 화분 하나가 자라고 있다

화분이 작은 줄도 모르고,
물도 햇빛도 없이 굳건히 혼자 자라더니
이내 꽃을 피웠다

마음 한 모퉁이 구석이라
분갈이도 해 줄 수도 없는데
이다지도 예쁘게 피었다

질 줄 모르고 자꾸 피어나기만 하는 이 꽃을
방치할 수도, 죽일 수도 없다

사랑이었다

내가 그대에게 반하는 시간

가령 건널목 맞은편, 버스가 지나가고 그 사람이 시야에 들어오는
찰나라든가

흔들리는 지하철 안에서 휘청거리는 어깨를 단단히 잡아 주던 그
찰나라든가

아니면 그 사람을 보는 순간, 마치 기다렸다는 것처럼 눈이 마주치는
찰나라든가

짧은 순간 중에서도 더 짧은
그 찰나의 순간이다,
사람이 사람에게 반하는 시간은
내가 그대에게 반하는 시간은

재채기가 나오는 것처럼

재채기가 나오는 것처럼
네 생각이 난다

그렇게 불시에, 예고도 없이, 네가 불쑥 튀어나온다

한번 시작된 재채기가 멈출 줄 모르는 것처럼
계속되는 네 생각에 어떻게 감당이 안 될 때가 있고,
재채기가 나올락 말락 애타는 것처럼
네가 보고 싶어 혼자 애태울 때도 있다

또 재채기가 나올 때 눈이 감기는 것처럼
네 생각이 난다

그렇게 불시에, 예고도 없이 불쑥 튀어나오는 네 생각은
재채기를 할 때 눈이 감기는 것처럼 어쩔 수가 없는 거다

네 생각이 나는 것은 정말 어쩔 수가 없다

하차

무임승차를 한 걸까
삑— 소리도 없이, 어느 순간 네가 타 있다

내가 제일 좋아하는
맨 뒷좌석 한 칸 앞자리에, 혼자서

정차 없이 달리는 버스라는 걸 너도 알고 있을까
아무도 모르는 행선지임에도
넌 어쩜 그리 태연한가

문득 네가 타 있던 것처럼
또 그렇게 유유히 소리도 없이 내려 버릴까,
사실 나는 그게 두렵다

언젠간 어느 정류장에 하차할 너를
내 마음속에서 내릴 너를,

나는 망설임 없이 그저 바라만 보며
또 아무렇지 않게 출발할 수 있을까

침식

그리 높지 않은 파도가 부딪혀 오기를 수천 번
굳건했던 나의 내벽이 무너지는 순간은 한순간

사소한 너의 행동과 어투에
이리 무너질 줄 알았겠는가

하지만 구태여 설명이 필요 없는 현상이다

너는 파도였고, 나는 외딴섬이었으며,
너의 손길에 의해 생긴 침식이었으니

바람개비

'후' 그대의 작은 숨결 한 번에도
머릿속이 빙글빙글 돈다

풍속계마저 마비될 정도로
그대의 숨결은 강력하다

멈출 세를 모르더니
어느새 마음에도 전이가 되었다

내 전부를 어지럽히는구나
아, 마음까지 울렁거린다
세상이 무지갯빛이다

갈대

겨울에 닥쳐올 바람이 무서워 움츠린 약한 그대야,
그 바람에 이리저리 흔들릴 것이 무서운 여린 그대야,

괜찮아

그대는 흔들려도 절대 꺾이지 않으니
혹여 흔들리는 것마저 무서우면 이리 와 기대도 돼

그대가 홀로이지 않게
함께 서 있는 갈대가 될게

너를 위한 세레나데

쉴 틈 없이 빠른 박자로 달려온 너의 악보에
내가 쉼표가 되어 줄게

그러다 지친 네가 되돌아가고 싶을 때엔
도돌이표를 넣어 줄게

지독히도 외로웠을 너의 목소리에
그 옆에 나란히 서서 화음이 되어 줄게

걱정 마
마지막 연주를 끝냈을 즈음,
뒤를 돌아보면
황홀한 꽃밭의 해바라기들이 박수갈채를 보내고 있을 테니

흑심

뭉툭한 마음 정성스레 깎고 나면
숨겨 왔던 흑심이 드러나

그것은 마치 초침처럼 날카롭지만,
실은 사각사각— 부드럽거든

흑심이 닳을 때까지 너를 위한 시를 쓰고,
닳고 나면 또 내 마음 한편 깎아 내겠지

허나 널 위한 내 마음 하나 전부 소멸될 리가

프로타주

검지가 붓이 되어
조용히 너의 실루엣을 드로잉한다

이마, 뺨, 코, 그리고 입술 순으로

그러고선 입술로 너를 베껴 그린다
황홀한 마찰이다

너의 체온과 눈길, 숨결이 내게 스며든다
그렇게 너를 프로타주 한다

동심

우리는 예쁜 것만 보자
가령 우리가 함께 걷던 길에 핀 꽃이라든가,
너의 웃는 얼굴이라든가

우리는 좋은 소리만 듣자
가령 그날 함께 듣던 빗소리라든가,
내 이름을 불러 주는 너의 목소리라든가

우리는 부드러운 것만 느끼자
가령 기분 좋게 머리칼을 쓰다듬는 가을바람이라든가,
내 손을 잡는 너의 손길이라든가

그렇게, 밤하늘에 떠 있는 저 별이
인공위성이라 할지라도
저것을 별이라 믿으며
또 언젠가 이곳에서 저 별을 보자며

새끼손가락 걸고 약속까지 하는

영원함을 믿었던 순수한 어린아이로
그렇게 너와 함께 머물고 싶다

반지

서로 다른 길을 걷다 만난 우리처럼
뿌리 다른 나뭇가지가 엉키어
한 나무가 되는 연리지처럼
그리고 그걸 본뜬 우리의 반지처럼

각자의 길 위에 서로가 연결되어 있음을
떨어져 있는 순간에도
서로의 심장 가장 가까이에 있기를

낙엽

떨어지는 낙엽마저 즐거워 까르르댔던 것이 언제였나
이제는 떨어지는 낙엽을 보고 있노라니
마음 저만치가 숙연해지는구나

가을이 저무는 신호와 세찬 가을비에도
당신은 마지막 잎사귀처럼 참 끈질기게 내 곳곳에 붙어 있다

이유 2

아무라도 붙잡고 사랑에 빠져야 한다
주체할 수 없이 울렁거리는 네 생각에 잠기지 않고 버티려면

3분짜리 인스턴트 같은 사랑이라 해도 상관없다
당장이라도 너를 붙들고 보고 싶다— 터져 나오려는 단어들을
참고 삼키려면

아무라도 필요하다
네가 없는 아침에 눈을 떴을 때,
그럼에도 살아가야 할 이유 하나라도 만들려면

그대를 향한 염원

시간이 흘러 해결해 주는 건
오롯이 사라지는 것뿐이다
그대의 아픔이 사라지는 것일 뿐이다

그러니 속수무책인 시간 앞에, 그 무엇이든 사라지게 두지 말기를
그대가 그 애달픈 상처를 오롯이 견뎌 일어설 수 있기를

시간이 흘러 뒤돌아보았을 때,
아픔이 사라진 뒤 생긴 흉터 대신에
그 상처 속에서 피어난 새싹을 맞이할 수 있기를

시간이 모든 것을 해결해 주는 것이 아님을,
그 시간을 발디딤 삼아 스스로가 이겨 내는 것임을,
그 고된 시간을 응원하는 이들이 있음을

유치한 고백

너의 물건을 훔치는 건 순식간이고, 너무나 쉽지
오랜 시간을 공들여도 훔쳐지지 않는 너의 마음을 제외하면

괴롭히는 것도 꽤 즐거워
싫어 죽겠다는 너의 표정도 흥미롭지만,
그보단 우리가 맞닿을 수 있는 유일한 행위이기 때문이야

거슬리는 짓을 해야 네가 날 돌아보니까
그러지 않고는 너의 시선에 내가 담기지 않으니까
나쁜 짓을 할수록 내 앞으로 이끌리는 건 너니까

못 말리겠다는 너의 한숨과
한심해 죽겠다는 그 눈빛에
감히 사랑이라는 오류의 이름을 걸어 볼까 해

사랑의 형상화

점토로 사랑을 형상화해 보라거든
나는 모난 곳 없이 둥근 구를 만들어
그대 향해 굴려 보내겠습니다

가는 그 길 험난해 설령 유리 조각이 박히더라도
결국 계속해서 굴러가다 보면 다시금 부드러워지겠죠

커져 가는 눈덩이처럼
내 이 마음 또한 커져 하나의 행성이 될 때,
그대와 함께 그곳에 삶을 꾸리겠습니다

그 행성에 그대의 이름을 붙이고,
그 행성을 사랑이라 부르겠습니다

겨우의 의미

우물쭈물 망설이다
겨우 건넨 말은 사랑의 구걸이었다

'사랑 좀 줄래?'라는 비참한 말마저
너의 눈치를 보았다

하지만 그 눈치가 무색해지리만큼
너는 태연하게 말했다
'겨우 이 정도쯤이야'

나에겐 힘들여 건넨 '겨우'가
너에겐 고작의 '겨우'였다

가뭄의 단비마냥 음미할 새도 없이 마셔 버린 그 사랑은,
너에겐 기껏 헤아려 보아야 잠시 내리는 도둑 비 정도였다

네게 난 겨우, 그만큼의 사랑
혹, 그만큼의 사람이었다

사랑니

뜬금없이 나타났다, 사랑이
하필, 아주 깊은 곳에 자리를 잡았다

'너 사랑 중이구나?'라는 말로 가볍게 치부하기엔
무언갈 씹어 먹을 수도, 삼켜 낼 수도 없다
눈을 감아도 아른거리는 아픔에 잠이 달아난다

널 빼내리라, 지우리라, 다짐했건만
그 자리엔 평생 메워지지 않는 상흔이 남았다

무얼로도 채울 수 없는
공허한 빈자리만이 남았다

치명적 바이러스

바이러스에 감염이 된 것 같아
너만 보면 양쪽 뺨에 불그스름하게 열이 오르는 걸 보니 바이러스
는 확실히 맞는 것 같아
아마 병원체는 너인 거 같아
나의 모든 세포가 너를 중심으로 흘러가고 있으니,
나는 그저 너라는 영화 속 작은 엑스트라가 된 것만 같아
네가 무심코 퍼뜨린 사랑은 예방접종도 백신도 없나 봐
널 앓은 지도 한참이 지났는데, 도무지 나을 방도가 보이지 않는
걸 보면
이러니 나는 너를 탓할 수밖에
그러면서도 너를 여전히 사랑할 수밖에

봄

꽃향기가 내게 진동한다
네가 내게 왔나 보다

네가 내게 왔나 보다
봄 냄새가 자욱한 걸 보니

겨울에 온 너지만,
너는 봄으로 가득 차 있다
아니, 봄이 너로 가득 차 있다

우리의 시간도
너를 닮은 봄으로
물들어져 간다

꽃 같은 사람

가만 보면 꽃 같은 사람이 있다

꺾어 가져가고 싶지만,
일찍이 시들어 버릴 걸 알기에
감히 가져갈 수 없는 그런 사람

그래서 그냥 오래오래 바라보는 것이 더 나을 그런 사람

요즘 흔히 말하는 가벼운 연애를 해서 굳이 멀어질 필요가 있을까
싶어,
곁에 있는 걸로 만족하는 것이 더 나을
그런 꽃 같은 사람이 있다

종이비행기

널 향한 내 마음이 종이라면
차마 찢지도, 태우지도 못하고,
그렇게 어쩌지도 못한 채
종이비행기 모양으로 고이 접었을 거야

그렇게 마음을 꾹꾹 눌러 접고
널 향해 날렸을 거야

그 종이비행기가 바람을 타고 돌고 돌아
결국 네 마음에 꽂히길 바라면서

능소화

네가 지나가는 길마다 이상하게 꽃이 피더니,
문득 정신을 차렸을 땐,
내 마음에 열꽃이 가득 피어 있더라

인식하기가 무섭게
몸 구석구석마저도 열꽃처럼 빨갛게 익어 가더니
신생아의 돌발진마냥 고열이 난다

그런데 난 너를 앓는 시간마저
화원 속 꽃처럼 향기롭구나

잠이 오지 않아 네 생각을
한 스푼 넣었다

ⓒ 유서진, 2024

초판 1쇄 발행 2024년 1월 25일

지은이   유서진
펴낸이   이기봉
편집   좋은땅 편집팀
펴낸곳   도서출판 좋은땅
주소   서울특별시 마포구 양화로12길 26 지월드빌딩 (서교동 395-7)
전화   02)374-8616~7
팩스   02)374-8614
이메일   gworldbook@naver.com
홈페이지   www.g-world.co.kr

ISBN   979-11-388-2696-9 (03810)